# 山

# 九老洞

He Yifu

# La grotte des immortels

Texte Bernard Allanic

A Keren
A Raphaël

Éditions Ouest-France

C'est par une fin d'après-midi de mai, dans un temple bouddhique situé au pied d'une montagne de Chine, que j'ai entendu pour la première fois **cette histoire.**

Celui qui la racontait était le supérieur du temple, un vieux moine d'environ 90 ans, mais qui en paraissait trente de moins, dont l'allure, à la fois paisible et fière, faisait penser aux lamas tibétains. Apprenant que j'aimais collecter les légendes traditionnelles, il avait réfléchi quelques instants puis avait accepté d'en raconter une.

Nous nous étions assis dans le jardin devant la salle de prière, où siégeaient les bouddhas. Le bonze avait choisi un emplacement à l'ombre, à côté du mur d'enceinte sur lequel languissaient quelques lézards. Un novice avait apporté du thé. Puis il avait commencé l'histoire, en faisant attention de ne pas parler trop vite, marquant fréquemment des pauses pour me permettre de prendre des notes. Pendant celles-ci, comme le silence se réinstallait, entrecoupé seulement des tintements d'une clochette suspendue au mur, qu'un léger souffle de vent agitait, j'appréhendais que, pour une raison ou une autre, mon hôte ne pût poursuivre son récit. Mais non : il reprenait toujours là où il venait de s'interrompre. C'était un bon conteur. Parfois il baissait ou haussait le ton de sa voix en faisant de grands gestes, comme si toutes ces aventures lui étaient arrivées en personne. C'était captivant. Au bout d'un moment, je me rendis compte que je n'étais d'ailleurs pas le seul à l'écouter : des moines s'étaient rassemblés à l'entrée de la salle de prière et le regardaient en tendant l'oreille et il m'a semblé que même les statues en faisaient autant derrière eux.

# Les Im

Dans les montagnes sacrées de Chine, c'est un peu comme sur certaines îles : loin du bruit et de l'agitation des grandes villes, la vie s'y écoule paisiblement, au seul rythme du soleil et des saisons qui se succèdent. Comme ce sont des lieux protégés, il n'est pas rare d'y croiser des arbres millénaires, d'innombrables plantes qu'on ne voit pas ailleurs et des animaux qui n'ont pas peur des hommes. Cette proximité avec la

# mortels

nature et le silence qui y règne expliquent aussi pourquoi les montagnes sacrées sont en général parsemées de temples : c'est que les moines et les bonzes aiment ces conditions idéales qui leur permettent de mieux se recueillir pour prier ou méditer. Il en a toujours été ainsi depuis que les premiers disciples de Bouddha eux-mêmes les ont choisies comme lieu de résidence et de prière il y a de cela déjà plus de 2400 ans.

On dit que ces montagnes sont si belles qu'il y a des habitants du Ciel qui ne fréquentent qu'elles : les Immortels... On raconte que ces Immortels passent leurs journées à errer entre pics et nuées, chevauchant des grues, des cerfs ou des tigres – qui sont avec eux aussi doux que des agneaux – sans cesse à la recherche de nouveaux points de vue pour admirer les cascades et le jeu des nuages entre les cimes. C'est pour cela qu'en chinois, le mot « Immortel », qui se dit *xian* (comme le mot français *sienne*), s'écrit avec un signe figurant un homme debout à côté d'une montagne : 仙 ... En Chine, tous ceux qui entreprennent un jour l'ascension d'une montagne sacrée espèrent au fond d'eux-mêmes avoir la chance de croiser l'un ou l'autre de ces êtres-qui-ne-meurent-pas... Mais cela hélas ! n'arrive pas souvent. Sans doute pour beaucoup de raisons mais peut-être tout simplement parce que les yeux des humains ne peuvent pas tout voir...

道心

Pourtant, sur le Mont Emei qui s'élève à 3099 mètres au-dessus de la plaine du Sichuan, a vécu autrefois un moine qui a côtoyé ces Immortels.

Ce moine portait comme nom de religion Cœur de Tao. Il résidait dans un monastère haut perché : le temple des Nuages Blancs (qui existe toujours aujourd'hui), où il vivait avec deux jeunes disciples.

九老洞

Deux enfants d'une douzaine d'années, que leurs parents avaient envoyés là pour qu'ils s'instruisent auprès du maître et deviennent plus tard moines à leur tour. Quand cette histoire commence, les deux enfants résidaient dans le temple des Nuages Blancs depuis déjà plus d'un an. Passées les premières semaines un peu difficiles, une fois surmontée la peine de ne plus avoir sa famille avec soi, tous deux s'étaient bien habitués à leur nouvelle vie, d'autant plus qu'ils s'entendaient très bien ensemble, et que Cœur de Tao s'occupait d'eux comme un vrai père.
Il leur avait donné un surnom à chacun :

**Petit Singe** à l'un car il était très malin et adorait grimper aux arbres,

**Petit Dragon** à l'autre qui était d'un naturel calme et aimait beaucoup jouer dans l'eau, pourtant glacée, des lacs et des cascades, où l'on dit que résident les Maîtres du Tonnerre et de la Pluie.

小猴子

小龍

# La vie au des nuages

# Temple blancs

九老洞

Les deux enfants vivaient dans la montagne au rythme du soleil, se levant et se couchant tous les jours avec lui, ce qui leur faisait des réveils très matinaux surtout en été. Dès le saut du lit, ils filaient rejoindre leur maître, toujours debout bien avant eux, dans la plus grande salle du temple. Là, chacun à leur tour, ils allumaient une baguette d'encens devant les statues de Bouddha et allaient prendre place sur les coussins pour réciter les prières du matin. Puis, ils se rendaient dans les cuisines préparer le petit déjeuner. Celui qui s'occupait

du feu ravivait les braises toujours fumantes de la veille avec des brindilles de pin, l'autre remplissait d'eau une marmite qu'il plaçait sur le foyer avant d'y plonger de longues et fines nouilles de blé. Celles-ci cuisaient vite heureusement car les deux moinillons avaient toujours bon appétit le matin.

Ensuite, pour leur plus grand plaisir, se tenait une séance d'art martial durant laquelle Cœur de Tao leur enseignait certaines techniques de kung-fu qu'il avait lui-même apprises autrefois au cours d'un séjour au fameux temple Shaolin.

Le reste de la matinée se partageait entre les cours de religion et les leçons de chinois. Les deux disciples étudiaient chaque jour un nouveau passage des soutras (les textes sacrés qui rapportent les paroles de Bouddha), qu'ils devaient retenir par cœur pour le lendemain. Comme ils étaient encore très jeunes, ils butaient parfois sur des mots ou des phrases dont le sens leur échappait mais Cœur de Tao leur avait expliqué qu'ils finiraient par mieux comprendre en grandissant. Suivait le cours de calligraphie : aux yeux de leur maître il était aussi important que le précédent car il savait d'expérience que c'était seulement en s'appliquant à bien écrire les idéogrammes qu'on parvenait à les retenir et à en apprendre de nouveaux. Or, il fallait en connaître beaucoup pour déchiffrer tous les soutras et lire les autres livres de la bibliothèque du temple. Ces leçons d'écriture au pinceau étaient également une sorte d'entraînement à la méditation. En effet pour calligraphier correctement, les enfants devaient se concentrer en faisant en quelque sorte le vide en eux, un peu comme les moines bouddhistes qui, avant de méditer, doivent éteindre en eux émotions et pensées.

# 峨嵋山

Petit Singe et Petit Dragon aimaient particulièrement calligraphier le nom de leur montagne

## Emei Shan,

le « Mont du Sourcil Fin », depuis que Cœur de Tao leur avait appris que sa forme vue du ciel faisait penser à la courbe d'un sourcil géant dont le sommet caressait les nuages.
Arrivait enfin l'heure du déjeuner. Les repas au temple des Nuages Blancs étaient très simples. Comme les bouddhistes sont végétariens, leur alimentation est principalement composée de riz et de « caillé

九老洞

de soja », le *toufu*, qui se présente sous la forme de carrés de pâte blanche aussi riches en protéines que fades au goût. Ce maigre quotidien était heureusement amélioré par les nombreux légumes qui poussaient dans le potager du temple : les choux, les courgettes, les haricots, les poivrons, les piments, ainsi qu'en été par quelques fruits comme les prunes, les litchis ou les longanes dont le nom signifie « yeux du dragon ». Il y avait aussi tout ce que la montagne offrait et que régulièrement les moines allaient cueillir : les baies sauvages, les noisettes, les noix, les châtaignes, les très nombreux champignons comme par exemple les « oreilles des arbres », un champignon noir qu'on faisait sécher pour l'hiver, les pousses de bambous, les pignons de pins... Sur le Mont Emei, poussait de plus une autre plante comestible très rare dont les deux moinillons raffolaient : c'était une sorte de fine pellicule crépue qui poussait sur le tronc des plus hauts conifères, et qu'on appelait du curieux nom de « peau de grenouille ». A tout cela, il faut ajouter quelques sucreries que Cœur de Tao, qui n'était pourtant pas un fin cordon-bleu, réalisait parfois pour le plus grand plaisir des deux enfants telles que de délicieuses boulettes de riz gluant farcies de sucre de canne, de noix et de cacahuètes...

Le moment de la journée que les deux disciples préféraient était le soir, quand parfois leur maître leur racontait des histoires pour les aider à mieux s'endormir. Petit Dragon aimait surtout entendre les aventures de ce jeune prince du Népal qui, un jour, quitta volontairement son palais pour aller chercher comment aider son peuple à moins souffrir et qui allait devenir Bouddha. Quant à Petit Singe, il raffolait des histoires d'Immortels comme par exemple celles du vieux Zhang qui se promenait toujours avec dans la poche le dessin d'une mule : quand il en avait besoin, il lui suffisait de souffler dessus et l'animal apparaissait en chair et en os !

# La prom

Un matin, comme le soleil baignait la montagne d'une belle et douce lumière dorée, Cœur de Tao décida de profiter de la splendide journée qui s'annonçait pour envoyer les enfants cueillir des plantes dans la montagne. De telles cueillettes faisaient partie de leur éducation. Le moine trouvait en effet indispensable de leur enseigner les rudiments de la médecine, et cela commençait par la connaissance des plantes. Or, il poussait sur le Mont Emei beaucoup de végétaux très recherchés pour leur vertu thérapeutique, comme par exemple le champignon *lingzhi*, qui pouvait stopper les hémorragies et la cinéraire à fleurs rouges qui guérissait rhumes

# enade

et maux de gorge... Beaucoup de ces plantes médicinales ne poussaient d'ailleurs qu'ici et il était fréquent que des marchands fassent l'ascension de la montagne uniquement pour les acheter. Cela représentait une chance pour les économes des monastères car l'argent ainsi obtenu permettait d'acheter le riz, le blé et tous les autres produits indispensables à la vie dans les temples. Cœur de Tao demandait régulièrement à Petit Singe et Petit Dragon d'aller en cueillir. Il partait quelquefois avec eux, mais de temps en temps il se contentait d'attendre leur retour pour examiner ce qu'ils rapportaient et vérifier qu'ils ne se trompaient pas de plantes.

Une fois les prières du matin récitées et le petit déjeuner avalé, il prépara deux épaisses galettes de blé fourrées aux choux et aux oignons, pour que ses disciples aient de quoi déjeuner dans la forêt. Puis il les aida à fermer leur besace et leur fit quelques recommandations :

— Soyez prudents ! Restez bien ensemble. Et surtout n'oubliez pas que la nuit tombe vite dans la montagne, revenez dès la fin de l'après-midi. Je vous attendrai...

Et c'est ainsi que les deux moinillons se mirent en chemin, avec chacun une besace bien pleine et un grand bâton presque aussi haut qu'eux.

— Bonne cueillette ! leur lança Cœur de Tao, à cet après-midi !

— Merci. A tout à l'heure ! répondirent ensemble Petit Singe et Petit Dragon, tout heureux de pouvoir aller se dégourdir les jambes une journée entière.

De son côté Cœur de Tao qui n'avait pas non plus envie de rester enfermé par un si beau temps se dit qu'une petite promenade serait la bienvenue. A son tour il empoigna son propre bâton, ferma soigneusement les portes du temple et, après avoir humé une grande bouffée d'air pur, se mit en marche.

Comme elle était belle, cette montagne ! Et comme elle sentait bon ! Les senteurs de la terre et des plantes se mêlaient au parfum des fleurs et à la puissante odeur de résine que dégageaient les pins. Comme à son habitude le bonze alla au hasard, se laissant guider par le sentier tapissé de mousse. Depuis près de vingt ans qu'il vivait dans la montagne, il ne s'était jamais lassé de ses paysages. Ce jour-là il souriait encore de ravissement en contemplant par exemple les formes fantastiques de certains rochers, ou en apercevant de-ci de-là un écureuil, un pic-vert ou un singe... Cœur de Tao se disait qu'il avait beaucoup de chance de vivre toute l'année dans un tel décor. Bien sûr, les hivers étaient parfois rudes et les conditions de vie dans les temples beaucoup moins confortables que celles des habitants de la vallée, mais pour rien au monde il n'aurait abandonné son perchoir près des cimes.

C'est ici, au cœur de la nature, près des animaux, des arbres, des rochers qu'il se sentait le mieux, libre, sans entrave, comme une barque flottant au gré du vent et du courant, comme un oiseau, comme un nuage. Il se sentait un peu comme le célèbre ermite Han Shan qui vécut de très nombreuses années dans une simple cabane au sommet d'une montagne, composant des poèmes qu'il écrivait à même les arbres et les rochers. On l'avait surnommé le « mangeur de brumes » car il descendait très rarement des hauteurs où il passait son temps à méditer et à réfléchir sur le sens de la vie. D'ailleurs son nom et celui de sa montagne ne faisaient qu'un : Han Shan signifie en effet « Montagne Froide ». Il subsistait grâce à un ami, employé dans un monastère, qui lui apportait régulièrement quelques restes à manger.
Cœur de Tao se sentait très proche de lui. Il connaissait par cœur plusieurs de ses poèmes. Tel celui-ci qu'il déclamait ce matin-là :

Je souhaitais un endroit pour m'installer
Le Mont Froid semblait convenir
Un vent léger y souffle dans les pins
De plus près c'est comme une musique
C'est là que maintenant je vais avec mes livres
Alors que déjà mes tempes deviennent grises
Depuis dix ans je suis ici et ne peux m'en aller
J'ai oublié le chemin par où j'étais venu.

Comme Han Shan, le moine du Mont Emei appréciait de se promener dans les forêts de pins. Il regardait toujours d'un œil amical ceux d'entre eux dont le tronc tortueux témoignait de leur lutte pour subsister. C'était comme si homme et arbres partageaient le même idéal.

九老洞

# Les joueurs

九老洞

# de go

Ses pas le conduisirent cette fois vers le Pic Qui Caresse le Ciel, d'où l'on avait une vue plongeante sur une très belle chute d'eau, une cascade qui semblait tomber directement du ciel et qu'on appelait : Cascade du Firmament.

Au détour du sentier, devant une grotte, Cœur de Tao aperçut tout à coup deux personnes qui semblaient jouer aux échecs ou aux cartes. Il s'approcha et constata qu'elles étaient aux prises avec une partie de go. C'était justement l'un des passe-temps préférés du moine. Enchanté de cette rencontre, il salua les deux joueurs et se posta juste à leurs côtés pour observer la partie.

Il se rendit compte immédiatement que c'étaient des amateurs expérimentés : ils tenaient les pions entre l'index et le majeur et les posaient d'un geste précis en les faisant claquer sèchement sur le bois du damier. Ils semblaient de force égale et jouaient tranquillement, sans agressivité, comme s'ils s'étaient mis d'accord au préalable pour retarder le plus longtemps possible l'affrontement, après s'être partagé équitablement le territoire.

Cœur de Tao aimait beaucoup jouer au go. Quelquefois en fin d'après-midi, un moine de ses amis venait au temple des Nuages Blancs jouer avec lui. Petit Singe et Petit Dragon assistaient toujours aux parties. Constatant leur intérêt, il leur avait enseigné les règles du jeu : chaque pion est un soldat, membre d'une armée de 180 pièces, soit blanches, soit noires. Les deux camps s'affrontent sur un échiquier de 361 cases, représentant le champ de bataille. Pour gagner, les pions doivent encercler l'ennemi et leur couper toute possibilité de retraite dans le but de se saisir de leurs positions et d'occuper plus de territoires qu'eux.

C'est alors que d'autres individus, tout aussi richement vêtus que les deux premiers, sortirent de la grotte pour rejoindre les premiers.

Cœur de Tao leur trouva une allure magnifique avec leurs habits de soie et leurs cheveux blancs : c'étaient, à n'en pas douter, de grands lettrés, ou des membres de la Cour impériale en visite au Mont Emei et qui profitaient d'un moment de détente... Ils s'installèrent à leur tour pour jouer au go mais comme ils étaient sept, il leur manquait quelqu'un pour compléter les équipes.

Voyant que Cœur de Tao semblait très intéressé par le jeu, l'un des nouveaux venus s'approcha de lui :

— Maître, accepteriez-vous de faire une partie avec moi ? lui demanda-t-il.

— C'est que je ne joue pas très bien, répondit modestement Cœur de Tao, vous risquez de vous ennuyer ! Mais au fond de lui il était ravi de cette proposition.

— Peu importe ! Si nous jouons, c'est uniquement pour nous divertir et passer un agréable moment. Venez, installons-nous de ce côté...

Tous deux allèrent s'asseoir de part et d'autre d'un rocher en forme de table, où ils installèrent le damier et les deux corbeilles de pions.

— Je suis très honoré de jouer contre un moine, je me présente : je m'appelle Li Feng.

— Et moi, Cœur de Tao, du temple des Nuages Blancs.

Les présentations ainsi faites, ils entamèrent une partie. Le moine comprit dès les premiers coups qu'il avait en face de lui un joueur qui possédait lui aussi une grande et complète science du jeu.

« Qu'importe si je perds, se dit-il à part soi, je vais faire attention à la façon dont il joue. Peut-être apprendrai-je ainsi de nouvelles stratégies. »
Il se concentra du mieux qu'il put. C'est que, comme les notes d'un air de musique qui une fois jouées ne peuvent être reprises, un pion de go, une fois posé sur le damier, ne peut plus changer de place... Aussi, bien souvent, le vainqueur est celui qui sait se montrer le plus économe, évitant les coups inutiles tout en étant le plus rapide à occuper de nouvelles positions. La partie pouvait basculer à tout moment...
Mais contre toute attente, c'est Cœur de Tao qui remporta la première partie.
— Bravo ! le complimenta Li Feng, vous voyez que vous vous débrouillez très bien. M'accorderez-vous une revanche ?
— Naturellement, répondit Cœur de Tao qui avait deviné que le gentilhomme lui avait laissé la victoire pour le mettre en confiance.
Ils échangèrent les corbeilles de pions et débutèrent une seconde manche. Les autres joueurs, peu bavards, ne disaient presque rien, préférant se concentrer sur le jeu et admirer le paysage. On entendait au loin le son de la cascade, seulement entrecoupé de temps à autre par le bruit sec des pions qui claquaient sur le damier.
Une heure ou deux s'écoulèrent. Le jeu devenait de plus en plus captivant. A un moment, Li Feng tendit la moitié d'une pêche à Cœur de Tao.
— Tenez, partageons ce fruit que j'ai cueilli ce matin même dans notre verger. Voyez comme il est savoureux !

九老洞

La pêche était en effet succulente. Jamais le moine n'en avait goûté de meilleure. De plus, après quelques bouchées, il se sentit totalement revigoré : ce fut comme si toute trace de fatigue avait disparu de son corps en un instant, comme après une bonne nuit de sommeil.

— Venez-vous souvent vous promener par ici ? demanda Li Feng.

— Oui, cela m'arrive régulièrement, dès que le temps s'y prête et que j'ai quelques heures devant moi, répondit le bonze. Je trouve cet endroit très agréable surtout grâce à la cascade. Toute cette eau qui s'écoule dans le vide rappelle le temps qui passe sans s'arrêter, c'est un lieu propice à la méditation.

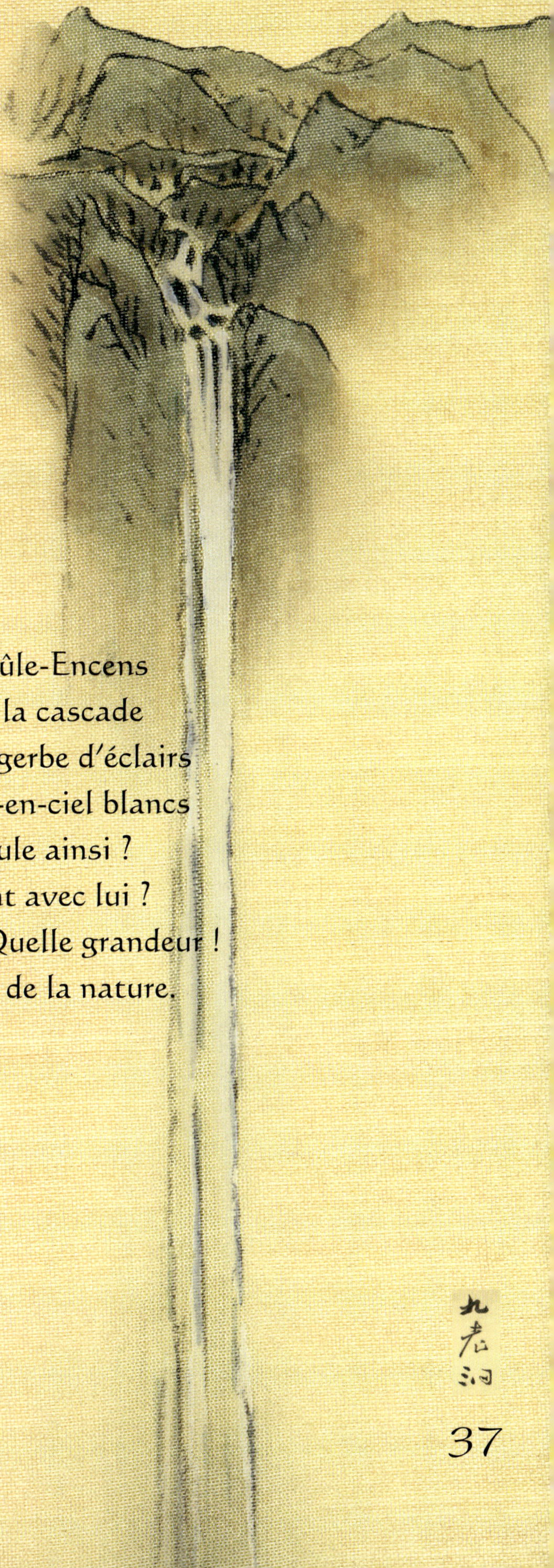

Son compagnon acquiesça :
— On a eu raison de l'appeler la « Cascade du Firmament » : ne dirait-on pas qu'elle s'écoule du ciel ? Comme dans le poème de Li Po :

Monté par l'ouest au Pic du Brûle-Encens
J'aperçois vers le sud le flot de la cascade
Il tombe en grand fracas telle une gerbe d'éclairs
Recelant en son sein de beaux arc-en-ciel blancs
Est-ce le firmament qui s'écroule ainsi ?
Et toutes les étoiles qui tombent avec lui ?
Je me suis approché : quelle force ! Quelle grandeur !
Comme est éblouissante l'œuvre de la nature.

— Ah ! Quel génie ! s'exclama Li Feng dans un soupir. Saviez-vous que Li Po aimait beaucoup le Mont Emei, lui aussi. Il faut dire qu'il est si beau et qu'on s'y sent si bien ! Mais à présent, si vous le voulez bien, reprenons la partie...

# La grotte des neuf

九老洞

sages

九老洞

L'après-midi sur le Pic Qui Caresse le Ciel continua de s'écouler tranquillement. Puis tandis que le soleil déclinait, la température fraîchit et les gentilshommes émirent le souhait de rentrer chez eux. Li Feng invita Cœur de Tao à les accompagner. Il accepta. Contre toute attente, le moine les vit alors pénétrer dans la grotte les uns après les autres. Intrigué, il leur emboîta le pas.

Il faisait très sombre et très humide à l'intérieur. La grotte était très profonde. Ils marchèrent longtemps à la file indienne dans une sorte de long couloir qui serpentait entre les rochers. Les neuf compagnons, bien que plus âgés que le bonze, marchaient d'un pas étonnamment leste et rapide. C'était comme s'ils voyaient dans le noir ou qu'ils connaissaient par cœur ce chemin.

— Faites attention à votre tête, penchez-vous un peu en avant, conseillaient-ils au moine, quand le passage se rétrécissait brusquement et n'avait plus que la taille d'un boyau.

Cœur de Tao avait du mal à les suivre et les aurait d'ailleurs sans doute perdus de vue, à cause de l'obscurité, si Li Feng ne l'avait pas attendu et ne se retournait pas fréquemment vers lui pour l'aider et l'encourager. De temps à autre, ils entendaient les battements d'ailes de quelques chauves-souris qui passaient juste au-dessus de leurs têtes.

Au bout d'un moment heureusement la pénombre cessa... et il fit de plus en plus clair. Bientôt Cœur de Tao aperçut assez loin devant eux une trouée dans la paroi, comme une fenêtre, par laquelle un large rai de lumière les éclairait. Ils continuèrent de marcher dans cette direction. C'était la sortie.

九老洞

Elle communiquait avec l'autre versant de la montagne. Une vallée où le moine n'était jamais allé et dont il n'avait jamais entendu parler. Avant de sortir, les dix compagnons restèrent debout, immobiles en bordure de la grotte à regarder le paysage : la vue qui s'offrait à eux de l'autre côté était magnifique.

La montagne cédait la place à des champs et des vergers en fleurs. Un village d'une quinzaine de maisons s'étendait le long d'une rivière dont l'eau scintillait sous la lumière du soleil.
Puis ils prirent un nouveau sentier pour descendre dans cette vallée. Peu de temps après, ils atteignirent les bords de la rivière.

« Mais comment vont-ils faire pour la traverser ? » se demanda Cœur de Tao, intrigué de ne voir aucune embarcation.
C'est alors qu'il vit Li Feng lever le bras vers le ciel et faire un signe en direction de l'autre rive. Ce qui s'ensuivit fut incroyable : il vit de l'autre côté de la rivière un grand oiseau blanc s'envoler au-dessus des roseaux. Cet oiseau traversa le cours d'eau en quelques battements d'ailes puis commença à descendre pour se poser. C'est à ce moment-là qu'il se transforma en… bateau ! L'oiseau devint une élégante jonque qui glissa sur l'eau jusqu'aux pieds des gentilshommes.
Cœur de Tao n'avait jamais rien vu de pareil ! Ses compagnons en revanche n'avaient absolument pas l'air surpris : ils avaient déjà commencé d'embarquer comme si de rien n'était. Soudainement le moine repensa à la clef qu'il avait emmenée avec lui et à Petit Singe et Petit Dragon qui devaient déjà l'attendre. Il fallait qu'il se dépêche de rentrer.

— Mes amis, dit-il, je vous remercie pour votre invitation mais il faut que je parte. J'avais oublié que mes deux disciples sont partis tôt ce matin cueillir des plantes dans la montagne. Ce sont encore des enfants. Je dois absolument rentrer pour leur ouvrir la porte du temple et les accueillir avant la nuit. Au revoir ! A une prochaine fois peut-être...

Les autres n'insistèrent pas pour le retenir. Ils lui déclarèrent qu'ils avaient été très contents de faire sa connaissance, lui souhaitèrent un bon retour et l'encouragèrent à revenir les voir quand il en aurait envie. Puis ils prirent congé et se laissèrent emporter par le vent pour gagner l'autre rive. Cœur de Tao les regarda s'éloigner puis se hâta de rentrer.

# Le Cœur

retour
de
de Tao

Lorsqu'il atteignit le temple, il constata avec étonnement que la porte était déjà ouverte. Il franchit le seuil et fut accueilli par des cris d'oies. « Que font ces animaux ici ? » se demanda-t-il.

Il chercha ses disciples mais ne les trouva nulle part. En revanche, il découvrit deux autres moines à barbiche grisonnante en train de prier. Ceux-ci tournèrent la tête : ils sursautèrent et restèrent bouche bée en reconnaissant Cœur de Tao.

— Maître, c'est vous ? Où étiez-vous passé ? Que vous est-il arrivé ? Voilà plusieurs dizaines d'années que vous êtes parti sans donner de nouvelles. Où étiez-vous allé ? lui demandèrent-ils au bout d'un moment, tandis que l'émotion des retrouvailles leur amenait des larmes aux yeux.

Interloqué par ces propos, Cœur de Tao reconnut ses deux disciples Petit Singe et Petit Dragon. Ils étaient devenus des moines presque plus âgés que lui. Comment cela était-il possible ?

— Plusieurs dizaines d'années ! Mais c'est impossible, je n'ai été absent qu'un après-midi, une journée tout au plus ! Et vous, Petit Singe, Petit Dragon, que vous est-il arrivé aujourd'hui ? Quelqu'un vous aurait-il jeté un mauvais sort pour vous transformer ainsi ?

Ses anciens disciples lui racontèrent alors tout ce qu'ils avaient fait après sa disparition. Comment ils l'avaient cherché partout dans la montagne, visitant tous les temples, demandant aux autres moines s'ils avaient de ses nouvelles. Ils étaient descendus au fond de chaque ravin, avaient exploré tous les bois et les forêts, faisant fuir les oiseaux et les singes en criant très fort son nom car ils pensaient leur maître blessé et immobilisé quelque part dans la montagne.

— Etes-vous allés au Pic Qui Caresse le Ciel ?

— Oui, nous sommes allés là comme partout mais nous ne vous avons trouvé nulle part.

— C'est curieux. J'y ai passé tout l'après-midi à jouer au go, nous étions dix, nous devions être très visibles.

— Nous n'avons rien vu.

九老洞

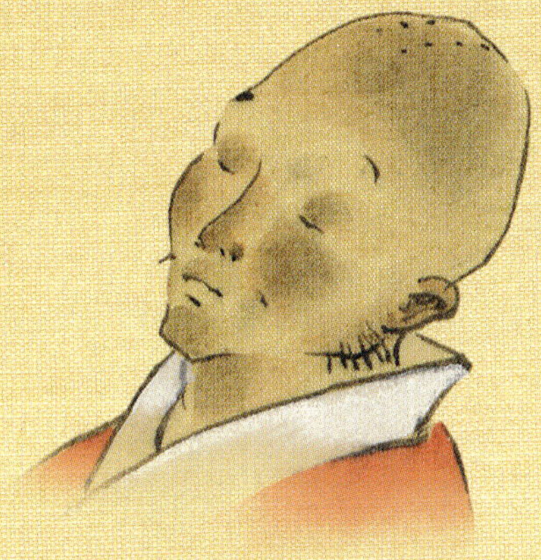

Cœur de Tao se remémora alors tout ce qui lui était arrivé depuis sa rencontre avec les neuf seigneurs des sommets : la grotte, la pêche et le passage vers l'autre versant de la montagne, l'oiseau magique qui s'était transformé en bateau. Soudain, il comprit ce qui s'était réellement passé : ces neuf personnages n'étaient pas des seigneurs ordinaires mais... des Immortels ! Il venait de passer presque une journée entière à leur côté. Il avait joué au go avec eux, il avait croqué dans leur fruit, il avait failli les suivre jusque dans leur demeure. Oui, il en était sûr à présent, c'étaient sûrement des Immortels.

Cœur de Tao raconta tout à ses disciples qui l'écoutèrent ébahis.

— Mais alors qu'êtes-vous devenus après ma disparition ? leur demanda-t-il, vous n'étiez encore que des enfants. Comment avez-vous fait pour vivre ?

— Nous avons demandé à entrer au temple de la Révélation. Comme il est tout près, nous revenions régulièrement ici pour entretenir le jardin et prier à votre intention car dans le fond de nous-mêmes, nous étions persuadés de vous revoir un jour.

Après avoir discuté une longue partie de la nuit avec ses anciens disciples, Cœur de Tao se coucha très tard. Il eut beaucoup de mal à trouver le sommeil. Le lendemain, il retourna au Pic Qui Caresse le Ciel, retrouva la grotte mais il ne trouva plus trace du passage qui conduisait vers le pays des Immortels. Il n'y avait plus que des chauves-souris et le bruit des gouttes d'eau qui tombaient des parois sur le sol.
Après cela, la vie reprit son cours normal dans le Mont Emei. Le bonze et ses disciples se réinstallèrent au temple des Nuages Blancs. Presque tous les jours, arrivaient des groupes de visiteurs qui venaient rendre visite au maître et lui demander de relater ses aventures au pays des Immortels.

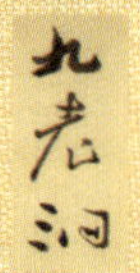

九老洞

La grotte magique qui communiquait avec l'autre monde reçut elle aussi la visite de beaucoup de curieux mais aucun d'entre eux n'aperçut le moindre passage. Néanmoins, elle fut baptisée la

« Grotte des Neuf Sages »

en souvenir de cette histoire.

九老洞

Plusieurs semaines s'écoulèrent. Puis un soir, Cœur de Tao vit en rêve un grand oiseau blanc qui se posait sur le toit du temple. C'était le même oiseau qu'il avait vu se transformer en bateau sur la rivière des pêchers. Il semblait venir le chercher... Le lendemain, il avertit ses disciples qu'il comptait se rendre une nouvelle fois au Pic Qui Caresse le Ciel. Mais cette fois, il ne fallait pas qu'ils s'inquiètent s'ils ne le voyaient pas rentrer. Il leur fit de longs adieux et se mit en marche. Quand il parvint près de la grotte, il aperçut son partenaire de go, Li Feng, qui semblait l'attendre.
— Je savais que vous viendriez, lui dit-il seulement. Puis il lui tendit la main.
Cœur de Tao la saisit.
— Maintenant, fermez les yeux !

Le moine obéit.
Aussitôt, il sentit ses pieds se soulever,
il était en train de quitter la terre ferme.
Puis il entendit le vent siffler à ses oreilles.
Quand il rouvrit les yeux un peu plus tard,
il vit qu'il était déjà arrivé de l'autre côté de la montagne,
dans la vallée des pêchers en fleur.

# Dans le

pays des Immortels…

Des mêmes auteurs

He Yifu,
Le voyage d'un peintre chinois en Bretagne

Editions Ouest-France

Bernard Allanic, La voie blanche : entre Chine et Tibet

Editions La Digitale (1994)

Editeur : Henri Bancaud
Réalisation technique : Sylvain Heutte, studio des Editions Ouest-France
Photogravure : Micro Lynx, Rennes (35)

Cet ouvrage a été achevé d'imprimer par l'imprimerie
Kapp Lahure Jombart à Evreux (27)

ISBN : 2.7373.3401.2
N° d'éditeur : 4647.01.07.11.03
Dépôt légal : novembre 2003
Imprimé en France

峯